칭찬으로 재미나게 톡하기

초등 교과 연계

국어 〉2학년 1학기 〉4. 생각을 전해요
국어 〉2학년 2학기 〉2. 즐겁게 대화해요
국어 〉5학년 1학기 〉6. 말의 영향
도덕 〉5학년〉2. 감정, 내 안의 소중한 친구

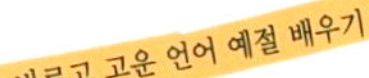

칭찬으로 재미나게 욕하기

초판 9쇄 펴낸날 2021년 9월 1일

글 정진 그림 선영란
펴낸이 김도연 **펴낸곳** 키위북스 **편집장** 김태연 **마케팅** 김동호
주소 경기도 고양시 일산동구 중앙로 1079, 522호
전화 031)976-8235 **팩스** 0505)976-8234
전자우편 kiwibooks7@gmail.com
출판등록 2010년 2월 8일 제2010-000016호

Text Copyright 정진, 2011

ISBN 978-89-964831-2-0 14300
       978-89-964831-5-1 (세트)

바르고 고운 언어 예절 배우기

칭찬으로 재미나게 톡하기

글 정진 그림 선영란

키위북스
KiWi Books

말은 지울 수 없어요

저는 항상 가방 속에 필통을 가지고 다닙니다.

어른이라도 저는 연필과 샤프를 무척 좋아한답니다.

연필이랑 샤프의 매력은 '쓰다가 틀리면 지우개로 지우고 다시 쓸 수 있다'는

점이에요. 필통 안에 지우개가 없으면 얼마나 불안한지 몰라요.

그런데 우리가 하는 '말'은 지울 수가 없습니다. 그러다 보니 '말'로

다른 사람한테 상처를 주기도 하고, 다른 사람의 '말'에 상처를 받기도 하지요.

어느 날 초등학교 교문 앞에서 서로 거칠게 욕을 하며 싸우는 아이들을

본 적이 있어요. 제가 아는 아이라서 나중에 살짝 물어 보았지요.

"왜 그렇게 무섭게 욕을 했니?"

"그래야 제가 강해 보이니까요."

그 말을 듣고 저는 "그건 아닌데!"라고 말했지요.

혹시 여러분은 '말이 씨가 된다'는 격언을 들어 보았나요?

여러분이 말을 할 때엔 어떤 씨앗을 뿌리고 있는지 한번 생각해 보세요.

그럼 나중에 내 말을 들은 사람을 통해 어떤 열매가 열리는지 보게

될 테니까요. 그런 의미에서 이 작품이 여러분에게 재미와 깨달음을

같이 준다면 참 기쁠 거예요. 끝으로 이 자리를 빌려 감사의 마음을

전하고 싶은 분이 있습니다. 언제나 의미 있고 아름다운 말을 학생들에게

들려주는 김희정 선생님의 도움을 많이 받았습니다.

김희정 선생님, 정말 감사합니다.

2011년 아름다운 봄날의 한가운데에서

정진

차 례

낮말은
새가 듣고
밤말은
쥐가 듣는다

희망초등학교 2학년 1반 교실 건너편에는 화장실이 있어요. 그래서 2학년 1반 여자애들은 화장실에 잘 모여요. 칸막이가 있는 곳에 들어가 문을 쾅 닫으면 소곤소곤 얘기할 수 있는 비밀의 방이 되니까요. 특히 송아리에게 화장실은 단짝 친구와 만나는 아지트예요.

오늘도 그랬어요. 2교시가 끝난 뒤 쉬는 시간에 아리는 주연이랑 사이좋게 화장실로 갔어요.

찰칵, 칸막이 문을 잠갔지요.

"짜잔!"

아리는 주머니에서 초콜릿을 꺼냈어요.

"우와!"

주연이 입이 쩍 벌어졌어요.

"쉬잇!"

아리는 검지손가락을 입술에 갖다 댔어요.

아리와 주연이는 초콜릿을 반으로 뚝 잘라서 입에 넣고 우물우물 먹었어요. 소리도 크게 내지 않았지요. 숨어서 먹으니까 훨씬 더 꿀맛이에요.

다 먹고 난 아리는 초콜릿 포장지를 쓰레기통에 넣었어요. 입도 쓱쓱 닦았고요.

그렇게 증거를 깨끗이 없앤 뒤에 칸막이 문을 열고 나왔어요.

"아무도 없네!"

아리는 마음이 푹 놓였어요.

쉬는 시간이 거의 끝나 갈 때라 화장실엔 아무도 남아 있지 않
았어요.

"배주연! 우리 반 오영진 말이야, 진짜 밉상이지 않니? 몸은 하
마에다 눈은 뱀처럼 쭉 올라가서 완전 우웩이야. 너도 그렇게
생각하지?"

보는 사람도, 듣는 사람도 없다고 생각하니 아리 입에서는 어
른들 앞에서는 쓰지 않는 말들이 스스럼 없이 나왔어요.

"맞아, 맞아. 덩치는 하마만 한데 눈은 뱀처럼 완전 작아."

주연이가 깔깔 웃으며 맞장구를 쳤어요. 그러자 아리는 어깨가
으쓱했지요.

"난 우리 반에서 오영진이 제일 싫어! 근데 선생님은 참 이상해. 왜 오영진이 지각하고 숙제 안 해 오는데도 혼내지 않는지 몰라."

"맞아! 선생님은 오영진만 봐 주는 것 같아. 전에 오영진 엄마가 선생님한테 부탁해서 그런가 봐. 오영진이 엄마 뱃속에 있을 때 아파서 다른 애들보다 생각하는 게 어리다고 했다면서."

"그래도 그렇지, 선생님은 너무해!"

아리 목소리는 점점 높아졌어요.

"아리야, 그만 가자. 수업 시작하겠다."

아리랑 주연이는 계속 떠들면서 화장실을 나갔어요. 둘이 나가고 나자, 화장실 안은 공원묘지처럼 조용해졌어요.

삐그덕, 화장실 맨끝에 있는 칸막이 문이 열렸어요.

그곳에서 아리네 반 담임인 이윤서 선생님이 창백한 얼굴로 나왔어요.

선생님은 화장실 거울 앞에 잠시 섰어요. 뛰는 가슴을 손바닥으로 누르면서 숨을 한번 크게 몰아쉬었지요. 그러고는 눈을 지그시 감았다가 힘차게 떴어요.

지금은 ‘말하기 · 듣기’ 시간이에요.

“자, 누가 발표하면 좋을까?”

선생님의 말에 아이들은 일제히 아리를 보았어요. 아리는 반에서 제일 발표를 잘하고 수업 태도가 좋다고 어린이날에 ‘모범 어린이상’까지 받았거든요.

“저요!”

아이들의 뜨거운 시선에 보답하려는 듯이 아리는 손을 번쩍 들었어요.

하지만 선생님은 아리를 못 본 듯 지나쳤어요.

아리는 더 큰 소리로 외쳤어요.

“선생님, 저요!”

이번에도 선생님은 모른 척했어요.

‘어, 어!’

아리는 당황했어요. 이런 일은 처음이었거든요.

반 아이들도 고개를 갸우뚱했어요.

“송아리를 제일 예뻐하는 선생님이 웬일이지?”

뒤에서 이렇게 수군대는 아이도 있었지요.

선생님은 아리뿐 아니라 주연이도 모르는

척했어요. 수학 시간에 주연이 혼자만

답을 알아서 자랑스럽게 손을 들었거든요.

"선생님, 저 알아요!"

그런데 선생님은 주연이의 명랑한 목소리를 싹 무시했어요.

"이번 문제는 그냥 선생님이 설명할게요."

'어머머!'

얼굴이 빨개진 주연이는 믿을 수가 없다는 표정이에요.

그뿐이 아니에요.

"오늘 교실 청소는 송아리랑 배주연이 하도록 해!"

선생님은 찬바람이 쌩 부는 목소리로 말했어요.

"우리는 청소 당번도 아닌데……. 선생님이 갑자기 왜 그러시지?"

아리는 너무 놀라서 가슴이 막 뛰었어요.

"선생님이 왜 우리한테 화가 났지?"

주연이도 겁을 잔뜩 먹었지요.

아리랑 주연이는 억지로 청소를 했어요. 빗자루를 들고 교실 바닥을 싹싹 쓸었지요. 쓰레기통도 비우고, 복도도 대걸레로 문질렀어요. 마치 벌을 받는 기분이었지요.

청소하는 내내 선생님은 책상에 앉아서 컴퓨터로 일을 하며 아무 말도 하지 않았어요.

"선생님, 저희 청소 다했어요."

아리랑 주연이가 다가가서 힘없이 말했지요.

그제야 선생님이 아는 척을 했어요.

"너희 잠깐 이야기 좀 하자."

아리랑 주연이는 눈이 동그래졌어요.

"선생님 아까 화장실에서 너희가 하는 말 들었어. 엿들으려고

했던 게 아니야, 우연히 듣게 된 거지."

"허억!"

아리랑 주연이는 너무 놀라 숨이 막히는 줄 알았어요.

"너희 말을 듣고 있으니 선생님 어릴 때 일이 떠올랐어. 어렸을

때 선생님은 키가 무척 작았어. 그래서 애들이 땅콩이나 난쟁이 같다고 막 놀렸지. 그때 얼마나 슬펐는지 몰라. 키는 내 뜻대로 되는 게 아닌데 말이야. 괜히 친구들도 원망하고, 부모님을 원망하기도 했지.”

“…….”

아리랑 주연이는 꿀 먹은 벙어리가 되었어요.

“그런데 어느 날 선생님이 책을 읽었는데, 그 책에는 ‘키가 작은 사람은 땅에 가깝고 키 큰 사람은 하늘에 가깝다’라고 쓰여 있었어. 선생님이 제일 좋아하는 민들레도 키가 제일 작은 꽃 중의 하나이지만, 그 작은 꽃이 몸에 좋은 약도 된단다. 그래서 선생님은 용기가 생겼어.”

아리랑 주연이는 고개를 푹 숙였어요.

“선생님은 다른 사람에 대해 함부로 말하고 욕하는 건 아주 나쁜 행동이라고 생각해. 특히 타고난 생김새처럼 스스로 노력해도 어쩔 수 없는 일도 있으니까 말이야. 그런데 너희가 오영진에 대해 그렇게 함부로 말해서 선생님은 정말 마음이 아팠어. 만약 그 말을 영진이가 들었다면 얼마나 속상할지 생각해 봤니? 만약 다른 아이들이 너희에 대해 그렇게 함부로 말하고 다닌다면 너희 기분은 어떨까?”

아리는 얼굴이 빨개졌어요.

"죄송해요, 선생님."

주연이가 먼저 사과를 했지요.

하지만 아리는 입이 떨어지지 않았어요. 오영진에 대한 선생님의 말씀이 다 옳은 건 아니라고 생각했거든요.

"아리는 뭔가 하고 싶은 말이 있는가 보구나!"

선생님은 아리 마음도 보이는가 봐요.

"선생님, 저는 욕을 한 게 아니라 그냥 있는 그대로를 말한 거예요. 오영진은요, 손가락으로 코딱지를 파서 자기 바지에 묻히고요, 이를 안 닦아서 입에서 냄새도 나요. 그런 건 오영진이 타고난 게 아니잖아요!"

"그래, 그건 아리 말이 옳아!"

선생님이 진지하게 들어 주었어요.

"하지만 남한테 상처 주는 말, 놀리는 말, 듣는 사람을 아프게 하고, 기분 상하게 하는 말들도 욕이라고 할 수 있어. 그러니까 앞으로 다른 사람을 욕하거나 예쁘지 않은 말은 쓰지 않았으면 좋겠어. 그리고 영진이가 부족한 부분은 고치려고 노력하고 있으니까 미워하지 말고. 자, 선생님하고 약속할 거지?"

선생님은 아리랑 주연이와 새끼손가락을 걸고, 엄지손가락 도

장도 찍고, 손바닥 복사까지 했어요.

"그리고 유행어를 쓰는 게 무조건 나쁜 건 아니지만 그래도 선
생님은 아리랑 주연이가 얼굴처럼 예쁜 말을 썼으면 좋겠어.
친구들끼리 있을 때도 말이야."

아리는 정말 부끄러웠어요. 선생님한테 딱 걸린 거지요.

"네, 선생님."

아리와 주연이는 아주 조그마한 목소리로 말했어요.

오늘 아리가 진짜 알게 된 게 있어요. '낮말은 새가 듣고 밤말
은 쥐가 듣는다'는 속담이 사실이라는 거예요. 하필이면 선생님

이 화장실 안에서 자신과 주연이가 하는 말을 들을 줄 어떻게 알
았겠어요!

교실을 나오면서 아리는 숨을 크게 내쉬었어요.

"후유!"

"아, 살았다! 선생님이 크게 화낼까 봐 얼마나 무서웠다고. 참,
우리 화장실에서 애들 흉볼 때 앞으로는 조심해야 되겠다."

주연이가 주위를 두리번거리며 속삭였어요.

"흉을 보긴 뭘 봐! 금방 선생님이랑 약속해 놓고."

"뭐 어때! 우리만 그러는 것도 아닌데."

주연이는 이제 와서 딴소리를 했어요.

"그래도 선생님이랑 약속을 했으면 지켜야지. 선생님 말씀대로
누가 너보고 뚱땡이라고 하면 너도 싫잖아. 나도 나무젓가락이
란 말 듣는 거 정말 싫단 말이야."

"맞아. 우리 오빠가 나를 돼지라고 부를 때마다 진짜 짜증 나."

"그러니까 선생님이랑 한 약속 지키는 거다!"

"아, 알았어."

그제야 주연이는 마지못해 대답했어요.

말은 힘이 세다!

　'한 마디 말이 천 냥 빚을 갚는다', '가는 말이 고와야 오는 말이 곱다', '가루는 칠수록 고와지고 말은 할수록 거칠어진다'와 같은 속담을 들어본 적이 있지요? 또 성서의 잠언에는 '따뜻한 말은 생명의 나무가 되고 가시 돋친 말은 마음을 상하게 한다'는 구절이 있어요. 조상들은 이처럼 속담과 경전을 통해 '말'이 얼마나 큰 힘과 중요성을 지니고 있는지 전해 왔지요.

　'말의 힘'을 눈으로 확인할 수 있는 과학적인 실험도 있었어요. 한 방송사에서 우리가 생활에서 쓰는 말들이 상대방에게 어떤 영향을 끼치는지를 알아보기 위해 따뜻한 밥을 지어서 같은 모양의 유리병에 똑같은 양으로 나누어 담고, 하나의 유리병에는 '고맙습니다'라는 말이 적힌 종이를, 다른 하나에는 '짜증 나'라는 말이 적힌 종이를 붙였지요. 그런 다음 실험에 참여한 아나운서들이 '고맙습니다'라고 적힌 유리병에 날마다 "예쁘다!", "사랑해", "정말 감사해요"처럼 칭찬의 말을 했어요. 그리고 '짜증 나'라고 적힌 유리병에는 날마다 "너무 미워!", "싫어!", "에이, 짜증 나!" 같은 성난 말을 꾸준히 했지요.

　4주 뒤의 결과는 정말 놀라웠어요. 두 유리병 안에 있는 밥이 다른 모습으로 바뀐 거예요. 좋은 말을 계속 들려준 유리병 안의 밥에선 구수한 누룩 냄새가 나고, 하얗고 뽀얀 곰팡이가 예쁘게 피어 있었어요. 하지만 나쁜 말을 들려준 유리병 안의 밥은 더러운 곰팡이만 가득 핀 채 썩어 버렸지요. 이 실험은 우리가 평소에 쓰는 말이 얼마나 위대하고 엄청난 힘을 갖고 있는지를 증명했어요.

　유리병 안에 있는 밥조차 이런 변화를 보인다면, 살아 있는 사람과 동물, 식물은 또 얼마나 큰 영향을 받을까요? 그러므로 우리는 말 한 마디를 할 때도 함부로 내뱉을 것이 아니라 예절을 지켜 바르고 고운, 좋은 말을 써야 해요. 이왕이면 고래도 춤추게 만든다는 긍정적인 말을 하는 것이 더 좋겠지요?

바르고 고운 말을 써요

　말은 마음을 비추는 거울이에요. 쓰는 말이나 말하는 태도를 보면, 그 사람이 어떤 사람인지 됨됨이를 알 수 있지요. 욕설이나 비속어를 버릇처럼 자주 쓰는 사람은 교양 없는 사람으로 여겨져요. 반면 바르고 고운 말을 쓰면 품위가 있어 보이지요. 그래서 아름다운 말을 쓰는 사람은 누구에게나 좋은 인상을 주며, 다른 사람들과 좋은 관계를 맺을 수 있어요.

　이렇게 사람들과 함께 살아갈 때 가장 기본이 되는 예절 가운데 하나는 바로 바르고 고운 우리말을 사용하는 것이랍니다.

　그렇다면 바르고 고운 말이란 어떤 말일까요?

　먼저 바른 말이란 기쁠 때, 슬플 때 등의 상황에 맞는 말이에요. 또 부모님, 선생님, 친구, 동생 등 대화 상대에 맞게 가려 쓰는 말이지요. 유행어를 그대로 따라하지 않고 바르고 정확하게 사용하는 말, 상대방이 알아듣기 쉬운 말도 바른 말이에요.

　또한 고운 말이란 표현이 예쁘고 아름다운 말, 상대방을 기분 좋게 하는 말, 남의 마음을 상하지 않게 하는 말이에요.

바르고 고운 말을 쓰면

- 자신을 존중하며 사랑하게 돼요.
- 마음이 저절로 아름다워져요.
- 예절 바른 생활을 할 수 있어요.
- 듣는 사람의 기분이 좋아져요.
- 친구와 사이좋게 지낼 수 있어요.
- 밝고 아름다운 세상을 만들 수 있어요.
- 나의 생각과 뜻을 정확히 전할 수 있어요.
- 몸도 튼튼, 마음도 튼튼해져요.

꼬막이
가르쳐 준
교훈

“학교 다녀왔습니다!”

학교에서 돌아온 아리를 엄마가 반갑게 맞아 주었어요.

“아리야, 우리 마트에 가자!”

그 말을 듣자마자 아리 입안에 군침이 돌았어요. 마트에는 맛있는 게 아주 많으니까요.

“엄마, 뭐 살 건데요?”

“요새 아빠가 입맛이 없다고 해서 아빠 좋아하는 반찬 좀 만들려고.”

“그럼 바다에서 나는 거겠네!”

엄마는 대답 대신 빙그레 웃었지요.

“아빠는 바다에서 나는 것만 좋아하고, 엄마는 밭에서 나는 것만 좋아하고……”

“덕분에 우리 딸은 골고루 다 잘 먹잖아! 그래서 이렇게 날씬하고.”

“근데 큰엄마가 키도 작고 나무젓가락처럼 삐쩍 말랐다고 흉보았잖아요.”

아리는 큰엄마가 예전에 한 말이 떠올라서 샐쭉해졌어요.

“그건 흉이 아니야. 큰엄마는 우리 아리가 약할까 봐 걱정하시는 거지!”

“큰엄마는 내 걱정 말고 영아 언니 걱정이나 하시지! 영아 언니야말로 돼……..”

아차! 선생님이랑 약속한 걸 깜박할 뻔했어요.

“무슨 말을 하려다 말아?”

“아무것도 아니에요, 엄마.”

엄마는 더 이상 묻지 않았어요.

엄마와 아리는 생선을 파는 매장에 갔어요. 아빠가 좋아하는 것들이 가득 모여 있는 곳이지요. 크고 작은 생선들과 새우, 굴, 오징어, 조개 들이 골고루 있어요.

“오늘 꼬막은 싱싱한가요?”

엄마는 제일 먼저 꼬막을 골랐어요. 아리는 꼬막이 잔뜩 들어 있는 통 안을 들여다보았지요.

커다란 스티로폼 안에 있는 꼬막들은 다른 조개에 비해 작아 보여요. '꼬막'이 아니라 '꼬마'라고 불러도 어울릴 거예요.

"보세요! 꼬막이 입을 꽉 다물고 있잖아요. 건강하고 싱싱하다는 증거지요."

매장에 있는 아저씨가 집게로 건드리자 꼬막들이 살짝 움직였어요.

"우와!"

아리는 무척 신기했어요.

“아저씨, 그럼 꼬막이 입을 짝 벌리고 있으면 안 좋은 거예요?”

“그렇지! 입을 짝 벌리고 있는 꼬막은 병들었거나 죽은 거야. 그런 애들을 먹으면 탈이 난단다.”

순간 아리는 커다란 충격을 받았어요. 왜냐하면 아저씨가 ‘입’ 이라고 표현을 해서 그런지 꼬막이 마치 사람의 ‘입’처럼 느껴졌기 때문이에요. 아저씨의 말이 마치 ‘입을 짝 벌리고 다른 사람을 욕하고 흉보는 건 나쁜 거야! 죽은 거나 마찬가지야.’ 라는 말처럼 들려왔어요.

‘건강한 꼬막은 입을 꾹 다물고 있구나!’

아리는 화장실에서 주연이와 몰래 아이들 흉을 보던 모습이 떠올랐어요. 그러다 결국 선생님께 들켜서 탈이 나고 말았지요.

엄마는 한 바가지 꽉 차게 꼬막을 샀어요.

"맛있게 삶아 드리면 아빠가 정말 좋아하시겠다!"

"맞아! 아빠는 꼬막만 있으면 다른 반찬은 필요 없다고 하잖아."

아리는 엄마 말에 맞장구를 치며 계산대 앞에 줄을 섰어요.

이때 한 무리의 아이들이 우르르 마트로 들어오더니 장난을 치며 소란스럽게 굴었어요.

"어휴, 요즘 애들은 왜 저렇게 험한 말들을 쓰는지 모르겠다. 우리 아리는 안 그러지?"

엄마가 혀를 끌끌 차며 말했어요.

아리는 가슴이 뜨끔해졌어요.

'앞으론 꼬막을 생각하며 꾹 참아야지!'

남을 흉보고 욕하는 '나쁜 말'이 하고 싶어서 입이 벙싯거리려 할 때마다 아리는 '꼬막'을 기억하기로 굳게 다짐했어요.

송사리
때문에
울다가
웃다가

교문 앞에서 아리는 같은 반 아이인 태형이를 만났어요.

'앗, 태형이다!'

태형이만 보면 자꾸 가슴이 두근거려요.

'태형이한테 뭐 잘못한 것도 없는데…….'

참 이상해요. 이런 마음은 처음이에요.

"안녕!"

태형이가 먼저 인사를 했어요. 초롱초롱한 눈망울을 가진 태형이는 별명이 '동물박사'예요. 동물에 관해서는 누구보다 많이 알고 있지요.

"아, 안녕!"

아리는 당황했어요. 아직 목감기가 다 낫지 않아서 목소리가 까마귀처럼 이상했거든요.

“송사리! 나 먼저 갈게.”

태형이는 아리를 향해 씩 웃더니 앞서 갔어요.

‘방금 뭐라고 했지?’

아리는 제 귀를 의심했어요.

‘태형이가 내 이름을 잘못 알고 있나?’

어쩌면 잘못 들었는지도 몰라요. 아리는 교실로 들어가면서도 계속 알쏭달쏭했지요. 태형이가 부른 이름이 ‘송사리’인지, ‘송아리’인지 말이에요.

2학년 1반은 오늘따라 시끌벅적했어요.

“푸하하하!”

“킥킥킥!”

아이들이 여기저기서 웃어 대고 있었지요.

‘무슨 일이지?’

주위를 살펴보니 오직 두 사람만 웃지 않고 있어요. 나이 많은 아저씨처럼 검은 뿔테 안경을 쓰고 반에서 제일 퉁퉁한 오영진은 멍한 표정이고요, 태형이는 어쩐지 기분이 나빠 보여요.

'왜 오영진이랑 태형이만 웃지 않을까?'

아리의 궁금증은 금세 풀렸지요.

문석이랑 재호가 오영진 옆으로 다가갔어요.

"야, 오영진! 얼큰이 오징어 괴물!"

문석이는 양손으로 자기 두 눈을 쭉 찢어 올리며 혀를 메롱 내밀었어요.

오영진 별명은 '오징어 괴물' 이에요. 바로 문석이가 붙인 거예요. 성이 오씨이고, 몸집이 크다고 제멋대로 지은 거예요. 사실 오징어랑은 별 상관도 없는데 말이에요.

그 모습을 본 아이들이 배를 쥐고 웃어 댔어요. 아리도 웃음보가 푹 터졌지요. 생김새를 가지고 놀리지 않기로 한 선생님과의 약속도, 앞으로는 남을 흉보지 않겠다던 다짐도 까맣게 잊어 버렸어요.

"오징어는 오징언데 삶은 오징어야!"

"뼈가 없어!"

문석이는 오징어 흉내를 내느라 몸을 흐느적거렸어요.

오영진은 자기를 놀리고 흉보는 것을 알면서도 잠자코 있어요. 어제도 오영진 신

발주머니를 문석이랑 재호가 화장실에 감추었고, 또 며칠 전에는 필통을 우산꽂이 통에 감추어도 가만히 있었지요. 왜냐하면 문석이랑 재호가 힘을 합치면 못 당하거든요. 둘은 태권도 검은 띠예요.

오영진은 온몸을 부들부들 떨면서도 아무 말도 못 했어요.

"그만해!"

갑자기 우렁찬 목소리가 들렸어요.

'아, 깜짝이야!'

아리뿐 아니라 다른 아이들도 놀랐지요.

태형이가 눈을 부릅뜨고 자리에서 벌떡 일어났어요.

"이문석이랑 오재호! 너희 그만해. 자꾸 오영진 놀리고 괴롭히

면 선생님한테 다 말씀 드릴 거야."

순식간에 교실은 조용해졌어요.

태형이가 큰 소리로 화내는 건 처음이거든요.

"치잇, 네가 뭔데? 오영진 보디가드라도 되냐?"

문석이가 무안해서 톡 쏘아붙였지요.

"그래! 어쩔래?"

태형이도 거침없이 맞받아쳤어요.

"알았어. 선생님한테 이르지 마."

문석이랑 달리 재호는 겁이 나는가 봐요. 금세 풀이 죽은 소리
로 말했어요.

'태형이는 참 멋진 애야!'

아리는 감탄했지요.

점심시간이 되었어요.

아리는 밥을 먹으려고 식판을 들고 줄을 섰지요.

태형이가 밥주걱을 들고 서 있었어요.

"난 밥 조금만 줘."

“알았어, 송사리.”

태형이는 빙긋 웃으며 말했어요.

“뭐, 송사리?”

아리 뒤에 바짝 서 있던 주연이가 깔깔 웃었지요.

“너 지금 나보고 뭐라고 했어?”

아리는 머리를 한 대 꽝 얻어맞은 기분이었어요.

“송사리.”

태형이의 입가엔 여전히 웃음이 떠나지 않아요.

“나 밥 안 먹어!”

아리는 획 돌아섰어요. 눈물이 핑 돌았지요.

‘어떻게 나를 송사리라고 부를 수가 있어?’

너무너무 섭섭하고 부끄러웠어요.

‘우리 반 왕따인 오영진도 감싸 주면서 나는 싫어하나 봐!’

　아리는 책상에 엎드려 얼굴을 가리고 엉엉
울었지요.

“선생님, 김태형이 놀려서
아리가 울어요!”

주연이가 말하는 바람에

선생님과 아이들도 다 알게 되었어요.

"뭐어? 태형이가 아리를 '송사리'라고 놀렸다고?"

태형이는 두 눈을 연신 깜박이며 당황한 표정이에요.

"태형아, 정말이니?"

그러자 태형이는 엉뚱한 대답을 했어요.

"놀린 게 아니고요. 송사리는 얕은 물에서도 잘 살고, 바닷물에 저항력이 강한 물고기라 물고기 중에서 제가 제일 좋아하거든요. 눈도 참 예쁘게 생겼고요."

아리는 귀가 번쩍 뜨였어요. 태형이가 물고기 중에서 송사리를 제일 좋아하는 줄은 몰랐어요.

"그럼 놀린 게 아니라 좋은 뜻으로 부른 거네?"

"이름도 비슷하고, 또 눈이 예쁜 것도 비슷해서요."

아이들이 까르르 웃었어요. 태형이도, 아리도 동시에 얼굴이 빨개졌지요.

"아리야, 태형이에게 송사리라고 부르지 말라고 할까?"

선생님이 웃으면서 아리한테 물었어요.

"괜, 괜찮아요."

아리는 울다 말고 배시시 웃었어요. 나무젓가락이란 말을 들었을 때 기분이 나빴지만 송사리는 왠지 기분 좋은 별명이었으니까요.

예쁘게 말하고 바르게 들어요

우리는 하루에도 수없이 많은 사람들과 이야기를 해요. 가족, 친구, 선생님 등 가까운 사람뿐 아니라 모르는 사람들과도 이야기를 나누지요. 우리가 나누는 대화가 더 즐겁고, 내 마음을 더 잘 표현하기 위해서는 말을 하고 들을 때도 서로 예절을 지켜야 해요. 예절을 지키며 대화를 나누다 보면 상대방의 입장과 마음까지 헤아릴 수 있답니다.

말을 할 때는

- 표준어를 써요.
- 부드럽고 밝은 표정으로 말해요.
- 듣는 사람을 바라보며 말해요.
- 때와 장소에 알맞은 목소리로 말해요.
- 완전한 문장으로 정확하게 말해요.
- 주제에 어긋나지 않게 말해요.
- 유행어를 함부로 쓰지 않아요.
- 다른 사람을 흉보는 말을 하지 않아요.
- 웃어른과 얘기할 때는 높임말을 써요.

말을 들을 때는

- 바른 태도로 들어요.
- 말을 듣는 중에 다른 생각을 하지 않아요.
- 말하는 사람을 바라보며 들어요.
- 말하는 사람의 이야기에 반응을 보여요.
- 남이 말하는 도중에 엉뚱한 질문을 하지 않아요.
- 궁금한 것은 말이 끝나기를 기다렸다가 물어요.
- 자신의 생각은 상대방의 말이 끝난 뒤에 말해요.
- 말하는 도중 자리를 비울 때는 양해를 구해요.

친구의 별명을 부르면 안 되나요?

별명은 그 사람의 특징을 따서 남이 지어 부르는 이름이에요. 간혹 별명이 없는 친구도 있지만 대개 별명 하나씩은 가지고 있지요. 이러한 별명 중에는 친구의 기분을 상하게 하는 것도 있고, 기분 좋게 하는 별명도 있어요.

친구의 장점이나 긍정적인 특징을 살려 지은 별명은 친구와의 사이를 더 가깝게 만들기도 해요. 하지만 친구가 싫어하는 점을 놀리거나 약점을 꼬집는 별명은 친구의 기분을 상하게 하거나 상처를 줄 수 있어요. 부르는 사람은 친근함의 표시로, 또는 재미로 부른다고 해도 듣는 사람의 기분을 상하게 하거나 놀리는 별명은 욕이나 마찬가지랍니다. 그러므로 친구에게 별명을 지어 주고 싶다면 친구의 장점을 살려서 예쁘고 기분 좋은 별명을 지어 주세요. 그러면 자신도 기분 좋은 별명을 갖게 될 거예요.

괜히
따라했어

오늘은 할아버지 제사가 있어서 큰집에 왔어요. 제사를 지내고 나서 아리는 영아 언니 방에 들어갔어요.

"언니, 뭐해?"

"으응, 친구랑 문자해."

최신 휴대폰을 들여다보고 있는 영아 언니의 표정이 금세 웃었다, 찡그렸다 하면서 달라졌어요.

아직 휴대폰이 없는 아리는 영아 언니가 무척 부러웠어요. 그리고 언니가 하는 모든 행동이 신기해 보였어요.

"언니, 나도 문자 좀 보면 안 돼?"

"안 돼. 너같이 어린 초딩은 봐도 모르고!"

영아 언니는 침대에 엎드려 문자를 계속 하다가 화장실에 갔어요.

'무슨 이야기를 그렇게 열심히 하는 거지?'

아리는 궁금해서 언니의 휴대폰을 들여다보았어요. 이때 휴대폰이 부르르 떨리면서 문자가 왔어요.

'헐, 쌤 갑툭튀 레알 깜놀.'

도무지 무슨 말인지 알 수가 없었어요.

아리가 고개를 갸우뚱하는데, 영아 언니가 들어왔어요.

"아리 너 지금 뭐하는 거야?"

영아 언니의 눈에서 뜨거운 불이 이글이글 타올라요.

"어, 언니! 문자 오는 소리가 들려서 봤어. 미안해."

영아 언니는 아리의 사과에 금세 화가 풀렸어요.

"봐도 모를 거라고 했잖아."

"진짜 무슨 말인지 하나도 모르겠다. 우리말 아닌 것 같아."

그러자 영아 언니는 웃으면서 설명을 해 주었어요. 언니의 설명을 듣는 아리의 눈이 반짝거렸어요. 내일 학교에 가서 아이들한테 당장 알려 주고 싶었지요.

다음 날 아리는 학교에 일찍 갔어요.

"주연아, 너 '쌤'이랑 '레알'이 무슨 뜻인지 알아?"

주연이는 오빠가 6학년이라 알고 있었어요.

"선생님을 줄여서 '쌤'이라고 하고, '레알'은 정말이라는 뜻이잖아."

"그럼 '깜놀'은?"

"그건 모르겠는데."

아리는 '깜짝 놀랐다'를 줄여 쓴 말이라는 것을 알려 주었어요. '갑툭튀'는 '갑자기 툭 튀어나왔다'는 말의 준말인 것도 알려 주었지요.

"영아 언니가 가르쳐 줬어. 중학생들은 다 쓰는 말이래."

"우와, 재밌다!"

아리가 배워 온 말은 감기 바이러스처럼 금세 교실 안에 쫙 퍼졌어요.

종례 시간이 되었어요.

"며칠 후에 학력고사를 볼 거예요."

선생님의 말이 떨어지기가 무섭게 문석이가 냉큼 나섰어요.

"쌤, 레알 깜놀!"

애들이 킥킥 웃었어요. 그 모습을 보는 아리는 아주 흐뭇했지요.

'내 덕분에 애들 수준이 높아졌네! 중학생들이 쓰는 말도 하고.'

하지만 선생님은 어리둥절했어요.

"문석아, 그게 무슨 말이니? 선생님은 문석이가 하는 말 하나도 못 알아듣겠는데."

"선생님도 모르세요? 중학생 언니, 오빠들이 쓰는 말인데요."

신이 난 주연이가 자세히 설명을 해 주었어요.

"너희들 지금 대체 어느 나라 말을 쓰고 있는 거니? 세종대왕이 들으면 다른 나라 교실인 줄 알겠다. 선생님도 통 무슨 말인지 모르겠고 말이야."

선생님의 말에 아이들이 일제히 벽에 걸려 있는 세종대왕 초상화를 보았어요.

"요즘 외계인들이나 쓸 것 같은 이상한 말이나 비속어처럼 나쁜 말을 함부로 쓰는 사람들이 많다고 하더니 우리 반 친구들까지 그런 말을 쓰고 있구나. 그런데 선생님은 너희들이 쓰는 말이 무슨 뜻인지 잘 모르겠어. 우리말을 바르게 써야 서로 뜻이 통하지 않겠니?"

분위기가 영 썰렁해졌어요. 아리를 힐끗 보는 아이들의 표정도 아까와는 사뭇 달랐지요.

문석이랑 재호랑 주연이는 대놓고 아리를 원망하는 기색이에요.

'괜히 영아 언니를 따라했잖아!'

아리도 속으로 후회했어요.

알쏭달쏭 이상한 외계어

갑툭튀, 레알, 쩐다, 간지, KIN, OTL, 엄훠나…….

여러분은 이 말들의 뜻을 알고 있나요? 국어사전에는 없는 이상한 말들이지만 요즘 흔히 듣고 쓰는 말이에요. 이뿐 아니라 방가(반가워), 쌤(선생님), ㄱㅅ(감사) 같은 줄임말은 물론, 읍ㅎ°F를－ㅁㅣてつ효－∩▽∩★(오빠를 믿어요), 넘후이쁠거가타훗(너무 예쁠 것 같아요), ㅈㅓㄴㅂㅓㄴㅗ(전화번호)와 같이 한글과 외국어, 이미지를 조합해 만든 말, 음야(지루하다), P~(한숨), 헐(황당하다) 같은 국어사전에 없는 의성어·의태어처럼 무슨 뜻인지, 어느 나라 말인지 알 수 없는 이상한 말들이 쏟아지고 있어요.

이런 말들은 지구인이 도저히 알 수 없다는 뜻으로 외계어라고 하는데, 휴대 전화 문자 메시지와 인터넷 메신저를 통한 소통이 늘어나면서 더욱 넘치고 있지요.

이런 말을 쓰는 일이 무조건 나쁜 건 아닐 거예요. 개성과 창의력을 표현하는 수단이기도 하고, 자신의 감정을 다양하게 표현할 수 있다는 긍정적인 점도 있어요. 하지만 인터넷에서 쓰는 은어, 약어, 비속어 등을 실생활에서 그대로 쓰다 보니 정확한 맞춤법을 모르거나 책에 나오는 단어의 뜻을 이해하지 못해 책 읽는 데 어려움을 겪는 친구들이 늘어나는 등 문제점도 많이 나타나고 있답니다.

꼭 표준어와 맞춤법에 맞게 말하고 글을 써야 하나요?

우리말 맞춤법과 표준어는 생각이나 뜻이 서로 잘 통하도록 하기 위해 만든 규칙이고, 약속이에요. 그런데 이 약속을 지키지 않으면 어떻게 될까요? 모든 사람이 맞춤법과 표준어를 무시하고 제멋대로 쓰고 말하면 서로 뜻이 통하지 않아 무척 혼란스러울 거예요. 상대방이 무슨 말을 하는지 알 수 없게 되면 말이 통하지 않는 사람들과는 더 이상 얘기를 나누려고도 하지 않겠지요. 실제로도 학생들이 쓰는 비속어나 은어, 유행어를 몰라 대화하는 데 어려움을 겪는 어른들이 많답니다.

서로 이야기를 주고받는데 내 말을 아무도 알아듣지 못한다면, 다른 사람이 하는 말이 무슨 뜻인지 모른다면, 무척 답답할 거예요. 말은 의미가 담긴 소리이기 때문에 뜻이 통하지 않는 말은 올바른 말이라고 할 수 없어요.

뜻과 생각을 잘 통하도록 하기 위해 정해 놓은 약속대로 바로 써야 누구나 쉽게 알 수 있답니다.

'세 살 버릇 여든까지 간다'는 속담이 있듯이 한번 입에 익은 말 역시 쉽게 고치기 힘들어요. 그러므로 어렸을 때부터 우리말을 바르고 정확하게 쓰도록 노력해야 해요.

모두가 즐거워지는 인터넷 언어 예절

인터넷에서는 얼굴이 보이지 않는다고 함부로 거친 말, 나쁜 말, 이상한 말을 내뱉는 사람들이 많아요. 욕설과 험담, 비난으로 인터넷에서 우리말이 더럽혀지는 것은 정말 심각한 문제예요. 욕설과 험담, 비난은 또 하나의 폭력이며, 우리가 쓰는 말이 오염이 되면, 그것은 우리 생각과 마음이 오염이 되는 것과 마찬가지이기 때문이에요. 인터넷을 이용할 때도 지켜야 할 언어 예절이 있어요. 우리말을 바로 지키고 모두가 즐거워지기 위해 이것만은 꼭 지키면 어떨까요?

인터넷을 이용할 때는

- 상대방이 모르는 은어를 사용하지 않아요.
- 다른 사람을 욕하거나 비난하는 글을 올리지 않아요.
- 같은 글을 반복해서 올리지 않아요.
- 가능한 한 문법에 맞는 표현과 올바른 맞춤법을 사용해요.
- 사실이 아닌 내용을 올리지 않아요.
- 알아듣지 못할 말로 소식을 전하지 않아요.
- 상대방이 쓴 글에 대해 나의 생각을 함부로 쓰지 않아요.
- 함부로 반말을 쓰지 않아요.
- 이야기를 부풀리거나 거짓말을 하지 않아요.
- 인터넷 언어는 사이버 공간에서만 써요.
- 저작권이 있는 자료를 불법으로 복제하거나 퍼뜨리지 않아요.

주먹보다 더아픈 말

“어휴, 더러워! 오영진은 코딱지를 파서 자기 옷에 묻힌다. 이렇게 더러운 짝은 세상에 처음이야!”

주연이는 새로 짝이 된 오영진을 매섭게 흘겨보며 주위에 다 들리도록 큰 소리로 떠들었어요.

“배주연! 너, 너넌 코딱지 없냐?”

오영진이 더듬거리며 말했어요.

“암튼 너 때문에 우리 조는 완전 망했어. 주변 정리 못 한다고 우리 조 점수 팍팍 깎일 거야. 책상 정리도 하나도 안 하고!”

오영진 얼굴이 토마토처럼 시뻘개졌어요.

그때 텀블링을 한다며 몸을 옆으로 한 바퀴 돌리던 재호의 실내화가 휙 날아가서 오영진의 안경을 툭 치고는 떨어졌어요.

“으악!”

오영진이 신음 소리를 내면서 두 눈을 가렸어요.

“앗, 미안해! 다친 거 아니지?”

재호가 재빨리 사과했어요.

하지만 오영진은 눈도 못 뜨고 고개만 끄덕였어요. 손바닥 사이로 눈물이 줄줄 흘러내렸어요.

“야, 이 병신아! 남자가 그까짓 일로 우니?”

주연이가 깔깔 웃으며 비웃었어요.

그때였어요. 오영진이 자리에서 벌떡 일어나더니 제 의자를 걸어찼어요.

쿵! 오영진은 주연이를 노려보면서 알 수 없는 비명을 질렀어요. 그러고는 자리에 엎드려 온몸을 버둥거리며 아기처럼 울어 댔어요.

“나, 나, 나 병, 병신 아니야!”

커다란 울음소리에 섞여 영진이의 말이 간신히 들렸어요. 태형이랑 다른 애들이 곁에 가서 일으켜 세우려고 했지요. 하지만 영진이는 바닥에 엎드린 채 꼼짝도 하지 않았어요.

“아아아악!”

영진이는 계속 큰 소리로 울어 대면서 온몸을 부들부들 떨었어요. 영진이가 그렇게 우는 모습을 본 건 처음이에요. 아이들은 당

황했지요.

　그때 선생님이 교실로 들어왔어요.

　"무슨 일이니?"

　"선생님, 영진이가요……."

　선생님은 울고 있는 영진이 곁으로 다가갔어요.

　"영진이가 왜 이렇게 화가 났을까?"

　태형이가 선생님한테 방금 있었던 일을 들려주었어요.

　"주연아, 그게 사실이니? 금방 태형이가 한 이야기."

　주연이는 고개를 푹 숙였어요.

“주연이는 선생님이랑 한 약속 잊은 거니?”

“아, 약속. 깜박 잊었어요. 선생님, 잘못했어요!”

주연이는 깜짝 놀라며 용서를 빌었어요.

아리도 선생님이 약속 이야기를 꺼냈을 때 뜨끔했어요. 자신도 어느새 선생님과의 약속을 잊고 있었거든요.

“그럼 영진이한테 사과하렴.”

주연이는 영진이에게 말했어요.

“미안해! 내가 너무 심한 말을 했어. 다시는 안 그럴게.”

잠자코 있던 재호도 영진이 옆으로 다가왔어요.

“영진아, 정말 미안해! 네 안경 일부러 떨어뜨린 거 아니야.”

재호는 금방 울 것 같은 얼굴로 영진이의 손을 꼭 잡았어요.

그러자 영진이가 재호의 손을 뿌리치며 일어났어요.

“이제 눈 안 아파!”

“그럼 괜찮은 거야? 휴우!”

재호는 대뜸 영진이를 얼싸안았어요.

“으악!”

영진이가 화들짝 놀라서 재호를 밀어내는 바람에 다들 웃음을 터뜨렸어요.

욕이 왜 나빠요?

요즈음 욕을 함부로 내뱉는 초등학생들이 늘어나고 있어요. 학교에서, 길에서, 인터넷에서 거친 말들을 마구 쏟아내지요. "남들도 다 하는데 뭐 어때? 욕하는 게 뭐가 나빠?" 이렇게 생각하는 친구들도 있을 거예요.

맞아요, 대부분의 학생들은 나쁜 뜻으로 욕을 하기보다는 친구와 더 가까워지기 위해 쓴다고 해요. 문제는 뜻을 모르고 쓰기 때문에 욕이 얼마나 나쁜 말인지 알지 못하며, 욕을 하면 더 멋있고 힘이 있는 것처럼 여긴다는 점이에요. 게다가 한번 입에 붙은 나쁜 말버릇은 쉽게 고치기도 힘들지요.

초등학생 시기는 우리말을 이해하며 배우는 아주 중요한 때예요. 그런데 이 시기에 표준어보다 욕설이나 은어, 비속어를 더 많이 사용하고 이것이 습관으로 굳어지면 어른이 되어서도 바른 언어 생활을 할 수 없어요. 또한 나쁜 뜻이 없다고 해도 말이 거칠어지면 행동까지 거칠어지게 마련이랍니다. 나쁜 말은 말로 다른 사람을 때리는 것과 같아서 다른 사람을 불쾌하게 하고, 마음에 상처를 주기도 해요.

나쁜 말은 힘이 세다?

또 하나 기억해야 할 것은 욕이란 입으로 하는 직접적인 말뿐 아니라 남을 무시하는 말, 상처 주는 말, 놀리는 말 등 다른 사람의 감정을 건드리는 모든 말이라는 점이에요. 그러므로 재미로 친구를 놀리거나 친구의 약점을 꼬집는 말은 하지 않는 것이 좋아요. 욕은 멋있고 힘센 말이 절대 아니라는 것도 잊지 마세요.

이제 욕이 왜 나쁜지 잘 알겠지요? 그러므로 이제부터는 거칠고 나쁜 말보다는 바르고 고운 말을 쓰려고 노력해 보세요. 자신을 사랑한다면, 친구가 소중하다면 거친 말, 나쁜 말보다는 좋은 말로 마음을 표현하세요. 그래도 자꾸만 나쁜 말이 자꾸 나오려고 할 때는 누군가 나에게 욕을 했을 때 기분이 어땠는지 생각해 보고, 내가 자주 쓰는 욕이 무슨 뜻인지 찾아보세요. 뜻을 알고 나면 절대 할 수 없는 말들이 많답니다. 욕 대신 쓸 수 있는 다른 말을 찾아보는 것도 좋아요. 예를 들면, "나 지금 기분이 너무 나빠."라거나 "마음이 너무 아파." 같은 말을 일부러라도 사용해 거친 말투를 조금씩 줄이는 거예요.

칭찬으로
재미나게
욕하기

재량 수업 시간이에요.

"오늘은 '우리들이 하는 말'에 대한 이야기를 나눠 보자."

선생님의 목소리는 진지했어요.

"너희도 무심코 던진 돌에 개구리는 맞아 죽는다는 말, 들어 봤지?"

아이들이 힘차게 대답했어요.

"네!"

"그 말이 무슨 뜻일까?"

아이들은 이번에는 조용했어요.

선생님이 아이들을 둘러보며 말했어요.

"그건 장난삼아 던진 돌에 개구리가 맞아 죽을 수도 있다는 뜻이야. 이처럼 우리가 아무 생각 없이 하는 행동이나 말에도 상처받거나 마음 아파하는 사람이 있단다. 하지만 우리는 아무 생각 없이 한 일이라 상대방이 상처받는지도 모르지. 우리가 욕이나 나쁜 말을 다른 사람에게 하는 것도 이렇게 연못에 돌을 던지는 것과 같아. 돌을 맞으면 기분이 어떨까?"

선생님의 말을 듣던 아리가 손을 조용히 들었어요.

"기분이 나쁘고, 속상해요. 다칠 수도 있고요."

"그래, 맞아. 말 한 마디에 사람이 죽고 산다는 속담이 있는 것처럼 말은 이렇게 힘이 무지 세단다."

"선생님, 칭찬은 고래도 춤추게 한다는 말도 있어요."

태형이가 말했어요.

"그래. 그만큼 좋은 말, 긍정적인 말이 좋다는 뜻이야. 우리는 하루에도 수많은 말을 하고 지내지. 그렇다면 어떤 말을 듣고 싶니?"

"좋은 말요. 잔소리나 나쁜 말을 들으면 진짜 짜증 나요."

재호가 냉큼 대답했어요.

"맞아. 이왕이면 좋은 말을 듣는 게 좋겠지? 나쁜 말을 듣고 싶은 사람은 아무도 없을 거야. 그러니까 앞으로 우리 반 친구들은 좋은 말을 하고, 욕이나 남에게 상처가 되는 말, 무슨 뜻인지 모르는 이상한 말은 하지 않기로 하자."

"네!"

아이들이 대답했어요.

"선생님, 우리 반만 쓰는 재미있는 욕을 만들면 어떨까요?"

태형이가 새로운 의견을 말했어요.

"야, 그거 재밌겠다! 선생님, 칭찬으로 욕을 하면 되잖아요."

문석이도 맞장구를 쳤어요.

"정말 재밌는 의견인데!"

선생님이 칭찬하자 다들 들뜬 분위기가 되었어요.

아이들이 신이 나서 욕을 하나씩 만들어 냈지요.

"세상에서 제일 부자가 될 녀석아!"

"가수보다 노래를 훨씬 더 잘하는 녀석."

"피카소보다 그림을 더 잘 그리는 놈."

"장미보다 더 예쁜 애."

"슈퍼모델 기죽이는 애."

"축구 천재 같은 녀석."

선생님이 칠판에 아이들이 만든 욕을 써 나가는 동안 웃음이 그치지 않았지요.

"우리 반은 기분 나쁜 일이 생길 때마다 이런 욕을 하자!"

선생님의 말에 다들 큰 소리로 "네!" 하고 대답했어요.

아리네 반에서 재미있는 욕을 만들어 쓰기 시작했다는 소문이
금세 학교에 퍼졌어요. 다른 반 아이들까지 따라하게 되었지요.
아리랑 주연이가 다른 반 복도를 지나가다 들을 정도예요.

"세상에서 제일 웃긴 녀석아!"

"장미보다 더 예쁜 애, 같이 가자!"

남자애랑 여자애가 서로 웃으면서 욕을 하는 거예요.

그 모습을 본 아리랑 주연이는 흐뭇해서 소리 내어 막 웃었지요.

"오늘은 또 무슨 욕을 만들어서 퍼뜨릴까?"

아리는 주연이랑 머리를 맞대고 생각하기 시작했어요.

친구에게 힘이 되는 좋은 말

　초등학교 시절의 친구는 '마법'과 같아요. 여러분이 나중에 어른이 되면 그 마법의 효과를 알게 될 거예요. 아무리 나이를 먹고, 겉모습이 변해도 초등학교 친구를 만나면 세월의 벽을 훌쩍 뛰어넘어 다시 '어린이'가 되니까요. 이토록 소중한 초등학교 친구에게 여러분은 어떤 말을 해 주고 싶은가요? 다음 이야기를 읽어 보세요,

　갑돌이랑 돌쇠라는 두 친구가 사막을 걸어가고 있었어요. 그런데 가는 도중 서로 말다툼이 생겨 갑돌이가 돌쇠의 뺨을 때리고 말았지요. 뺨을 맞은 돌쇠는 아무 말도 하지 않고 모래에 갑돌이가 자신을 때렸다는 사실을 적었어요. 한참 걸어간 두 친구는 오아시스에 도착했어요. 목욕을 하러 오아시스에 들어가던 돌쇠는 그만 늪에 빠지고 말았어요. 그러자 갑돌이가 달려와 돌쇠를 늪에서 구해 주었지요. 그랬더니 돌쇠는 돌에다 갑돌이가 자신을 구해 준 일을 새겨 놓았어요.

　왜 돌쇠는 갑돌이가 잘못한 일은 모래에 적고, 고마웠던 일은 돌에다 적었을까요? 모래에 적은 글씨는 바람이 불면 사라지지만, 돌에 새긴 글씨는 아무리 거센 바람이 불어도 지워지지 않기 때문이에요. 그러니까 여러분도 친구의 좋은 일은 '마음의 돌'에 새기고, 섭섭했던 일은 '마음의 모래'에 적으세요!

- 친구야, 네 마음 다 알아! 슬퍼하지 마.
- 언제나 너를 믿고 있어! 넌 정말 소중해.
- 네 말에 난 용기를 얻었어.
- 정말 고마워! 네 덕분이야.
- 친구야, 너에게는 너를 지켜 줄 친구가 있잖아. 힘을 내!
- 분명히 너는 점점 좋아질 거야! 멋진 꿈을 꼭 이룰 거야.

이제부터는 이렇게 마음의 돌에 새길 만큼 '친구에게 힘이 되는 좋은 말'을 더 많이, 더 자주 친구에게 들려주세요.

언제나 듣고 싶고 하고 싶은 예쁜 말

　속상한 일이 생겨 울고 싶거나 친구의 축 처진 어깨가 슬퍼 보일 때, 기분이 좋아지고, 친구의 힘을 북돋울 수 있는 것은 무엇일까요? 맞아요, 바로 따뜻한 말 한 마디랍니다. 말은 마법과 같은 힘을 가지고 있어서 아주 사소한 말 한 마디로도 속상한 일을 잊게 할 수도 있고, 힘들어 하는 친구를 웃음 짓게 만들 수도 있지요.

　이제부터는 말을 할 때 하루에 한번이라도 들어서 기분 좋은 말, 때와 장소와 분위기에 맞는 말, 힘이 되는 말을 건네 보세요. 말은 부메랑과 같아서 여러분이 건넨 좋은 말은 다시 나에게 기분 좋은 말로 돌아올 거예요.

- 친구에게 좋은 일이 있을 때는 　　　　　　　　　　　　　　　　　“축하해.”
- 친구가 물건을 빌려 주었을 때는 　　　　　　　　　　　　　　　　“고마워.”
- 길을 가다 친구와 부딪쳤을 때는 　　　　　　　　　　　“미안해, 다치진 않았니?”
- 실수나 잘못을 했을 때는 　　　　　　　　　　　　　　　“미안해. 내 잘못이야.”
- 친구가 울고 있을 때는 　　　　　　　　　　　　　　“왜 우니? 어디 아프니?”
- 친구가 아파할 때는 　　　　　　　　　　　　　　　　　　“괜찮아? 힘내.”
- 친구가 사과할 때는 　　　　　　　　　　　　　　　　　　　　“괜찮아.”
- 친구와 헤어질 때는 　　　　　　　　　　　　　　“잘 가, 친구야. 또 만나.”
- 잠자리에 들기 전에 부모님께는 　　　　　　　　　　　“안녕히 주무세요.”
- 부모님이 힘들어 하실 때는 　　　　　　　　　　　“아빠 엄마, 힘내세요!”
- 웃어른을 만났을 때는 　　　　　　　　　　　　　　　　“안녕하세요!”